기획의 말

그리운 마음일 때 'I Miss You'라고 하는 것은 '내게서 당신이 빠져 있기(miss) 때문에 나는 충분한 존재가 될 수 없다'는 뜻이라는 게 소설가 쓰시마 유코의 아름다운 해석이다. 현재의 세계에는 틀림없이 결여가 있어서 우리는 언제나 무언가를 그리워한다. 한때 우리를 벅차게 했으나 이제는 읽을 수 없게 된 옛날의 시집을 되살리는 작업 또한 그 그리움의 일이다. 어떤 시집이 빠져 있는 한, 우리의 시는 충분해질 수 없다.

더 나아가 옛 시집을 복간하는 일은 한국 시문학사의 역동성이 드러나는 장을 여는 일이 될 수도 있다. 하나의 새로운 예술작품이 창조될 때 일어나는 일은 과거에 있었던 모든 예술작품에도 동시에 일어난다는 것이 시인 엘리엇의 오래된 말이다. 과거가 이룩해놓은 질서는 현재의 성취에 영향받아 다시 배치된다는 것이다. 우리는 현재의 빛에 의지해 어떤 과거를 선택할 것인가. 그렇게 시사(詩史)는 되돌아보며 전진한다.

이 일들을 문학동네는 이미 한 적이 있다. 1996년 11월 황동규, 마종기, 강은교의 청년기 시집들을 복간하며 '포에지 2000' 시리즈가 시작됐다. "생이 덧없고 힘겨울 때 이따금 가슴으로 암송했던 시들, 이미 절판되어 오래된 명성으로만 만날 수 있었던 시들, 동시대를 대표하는 시인들의 젊은 날의 아름다운 연가(戀歌)가 여기 되살아납니다." 당시로서는 드물고 귀했던 그 일을 우리는 이제 다시 시작해보려 한다.

기획의 말

그리운 마음일 때 'I Miss You'라고 하는 것은 '내게서 당신이 빠져 있기(miss) 때문에 나는 충분한 존재가 될 수 없다'는 뜻이라는 게 소설가 쓰시마 유코의 아름다운 해석이다. 현재의 세계에는 틀림없이 결여가 있어서 우리는 언제나 무언가를 그리워한다. 한때 우리를 벅차게 했으나 이제는 읽을 수 없게 된 옛날의 시집을 되살리는 작업 또한 그 그리움의 일이다. 어떤 시집이 빠져 있는 한, 우리의 시는 충분해질 수 없다.

더 나아가 옛 시집을 복간하는 일은 한국 시문학사의 역동성이 드러나는 장을 여는 일이 될 수도 있다. 하나의 새로운 예술작품이 창조될 때 일어나는 일은 과거에 있었던 모든 예술작품에도 동시에 일어난다는 것이 시인 엘리엇의 오래된 말이다. 과거가 이룩해놓은 질서는 현재의 성취에 영향받아 다시 배치된다는 것이다. 우리는 현재의 빛에 의지해 어떤 과거를 선택할 것인가. 그렇게 시사(詩史)는 되돌아보며 전진한다.

이 일들을 문학동네는 이미 한 적이 있다. 1996년 11월 황동규, 마종기, 강은교의 첫 시집들을 복간하며 '포에지 2000' 시리즈가 시작됐다. "책이 귀했고 힘겨울 때 이따금 가슴으로 암송했던 시들, 이미 절판되어 오래된 명성으로만 만날 수 있었던 시들, 동시대를 대표하는 시인들의 젊은 날의 아름다운 연가(戀歌)가 여기 되살아납니다." 당시로서는 드물고 귀했던 그 일을 우리는 이제 다시 시작해보려 한다.

빛을 찾아나선 나뭇가지

문학동네포에지 068

함명춘 시집

빛을 찾아나선 나뭇가지

시인의 말

나의 집이자 언어였던 '晛'字에게 이 시집을 바친다.

1998년 7월
함명춘

개정판 시인의 말

살아오면서 가장 힘들었을 때 냈던 책으로 기억된다.

그때 절망과 함께 거리를 떠돌던 나의 시들을 거두어 준 분들께 뒤늦게나마 깊은 감사의 말씀을 드린다.

일부 오자와 시 순서를 조금 바꾸었을 뿐 나머지는 그대로 두었다.

과거를 성형하고 치장하는 것보다는 부족함을 인정하는 것이, 힘들었지만 그래도 버티며 살아냈던 날들에 대한 최소한의 예의가 아닐까 싶었다.

몸은 그대로인 채 새옷으로 갈아입은 이 시집이, 세상에 나가 단 한 분의 품에라도 안길 수 있게 되기를 바랄 뿐이다.

2022년 겨울

함명춘

차례

2부

1부

심심산천

입을 여는 나무
듣는 길
한줄기도 없는 이곳에 와서야
비로소

내 말이 숨을 멈추네

아니, 제 숨을 찾은 듯
산으로 들로
땅칡처럼 뻗어나가네

설사 입이 있어도 열지 않을
귀가 있어도 듣지 않을
저 나무와 풀잎들의 깊은 의중을 헤아린 듯

고갤 끄덕거리며
푸른 솔가지처럼 내걸린 하늘 한쪽으로
새가 되어 날아오르네

빈집

보았다
밤하늘을 향해 주렁주렁
매달린, 잘 익은 정적의 열매 속에
그 터질 듯하면서 터지지 않는 돌
아가리 속에 굳은 혓바닥처럼
틀어가 박힌

둥글게 둥글게 익다가 만
과일과 나뭇잎과 꽃봉오리와 향기
그리고 흐르다 만 강물과 바람과
구름들로 촘촘히 짜맞춰진
거기, 모든 성장과 진화를 멈추고

언제나
끝이 보이지 않는 지하 계단과
거미줄투성이, 그 불 꺼진
어둠의 빈집과 빈집들로 가득
채워진

보았다
보았다라는 내 목소리가
가닿는 순간, 어디론가 매몰되어버리고 만

진술서

봄이다라고 말한 적도 없는데
땅은 어느새 준비한 진술서 위에
몇 개의 씨앗으로 오역을 해 적어넣고는
그 씨앗을 자기 임의대로 확대 해석해
줄기와 잎을 빼곡하게 끌어다 놓고

아니, 봄 비슷한 말도 한 적 없는데
주욱주욱 생각의 가지를 펼쳐놓다가
느닷없이 무릎을 탁 하고 치면서
가지마다 꽃망울들을 신명나게 터뜨려놓고는

아니, 입도 벙긋 안 했는데
무슨 결정적인 단서라도 찾은 듯
문맥의 앞뒤가 안 맞는 문장 끝에 향기로 마침표를 찍더니
바로 사전 영장 청구도 없이
꽃피는 봄의 감옥 속에 나를 처넣는다
난 억울하다, 억울하다

봄에 관하여
난 묵비권을 행사할 수 있다
나에겐 그럴 권리가 있다

전망 좋은 방

오랜만에 말의 길에서 돌아와
대문을 닫고 마당을 지나 현관문 그러니까
말의 길 쪽으로 열린 문이란 문은 모두 걸어 잠그고
말의 집 속으로 들어와보면

여전히 낡기는 해도 쓸 만한 흔들의자와 탁자가
소파와 함께 덩그러니 놓여 있고
바람 잘 들고 난방 설치가 잘된 복도 끝에는
잘 여문 감자알처럼 주렁주렁 매달려 있는 방,
하나둘 캐어나가보면 그 창문 너머마다엔

어느새 나보다 먼저 말의 길에서 돌아와 그 몸에 꽉 끼는
속내의를 벗어던지고 강물에 두 손을 담그는
태양과 구름과 저마다 낮게 낮게 펼쳐놓은 푸른 파라솔 밑에
들어가 앉아 고단한 허릴 두드리는 풀잎들 손에 잡힐 듯
손에 잡힐 듯 내려다보이고

강 건너 저쪽엔 여전히 그 누구에게도
오역되지 않은 원전처럼 산 갈피마다 빼곡히 꽂힌
나무들 내 깊은 잠 속까지 따라 들어와 보다 더 많은
계곡과 숲의 둥지를 틀어놓곤 나가고 들어오고

오랜만에 말의 길에서 돌아와

대문을 닫고 마당을 지나 현관문 그러니까
말의 길 쪽으로 열린 문이란 문은 모두 걸어 잠그고
말의 집 속으로 들어와보면

신별주부전

—작가 미상

내 마음의 육체를 이루는
말의 희고 단단한 뼈와 얼굴과
몸통 깊이 풀뿌리처럼 박힌 채
빠질 줄 모르는 팔다리가 무거워
오늘도 난 간편한 옷차림으로 마실가듯
내 몸밖으로 그것들을 툭툭 털어버리고
곧게 주름이 잡힌 언덕바지를 따라 바다 가네
가다가다 내 마음의 오장육부를 이루는
기억의 심장 그리움의 폐 아픔의 콩팥들도
거추장스러워 양지바른 길가에 짐짝처럼
풀어놓고 혹은 세워두고
바다, 엉덩이를 까내리고 주저앉아
홍얼홍얼 콧노래 부르며 줄넘기처럼
온종일 파도를 가지고 노는,
나보다 몇 배나 더 큰 눈망울을 가진
저 아이의 손에 이끌려
내 육체의 마당이고 담장이고 방인
살과 피와 뼈와 그리고 내 이름마저
어딘가에 빠뜨려버린 채 수평선 너머
난 몇 번인가 파도의 높낮이에 따라 넌출거리네
그 누구도 흉내낼 수 없는
멋진 춤도 추네 아 그 순간
나의 짤막한 탄성은 한낱 헐거운 옷
아니 그 헐거운 옷조차 껴입을 시간도

주지 않는 저 아이의 숨가쁜
놀이에 휩쓸려

정삼각형

나는 세 명이다
말을 하면
협잡이고
새빨간 거짓말이고
상호 비방이고
주관이고
자기 합리화라는 걸
빤히 알고 있는
나와
그러나
말을 않으면
도피 행각이고
폐쇄이고
극단이고
현실 인식의 부족이고
비사회적 존재라는 걸
빤히 알고 있는
나 사이에
서 있는 것도
앉아 있는 것도 아닌
난 이렇게 세 명이다
한 치의 물러섬도 없이
세 개의 변
세 개의 각들이

서로의 멱살을 움켜쥐고
팽팽히 맞닿아 있는
정삼각형이다

바람의 길

가는 길이 멀고 험하면
슬쩍 우회라도 해서 한 1분이면 족히
읽을 수 있는 헤드라인이나 발문처럼
짤막하게 서술된 길로 돌아가거나
아니면 간단한 몇 개의 수식어만으로도 충분한
유행 가사나 튀는 글귀 없이 잘 되고되고
화려한 묘사로 덧칠을 해놓은 연설문처럼
술술 잘도 넘어가는 길을 골라 가면 되는 걸
그러다 지치면 기나긴 문장에 마침표나
쉼표를 찍어 넣듯 가끔씩 그늘을 찾아 눕기도 하면서
쉬엄쉬엄 가면 되는 걸 그러면 되는 걸

부득부득 한 줄의 묘사 한 줄의 비문조차 세우지 않는
그저 무뚝뚝한 나무와 날이 선 쐐기풀뿐인
숲속을 걷는 넌 오늘도 그들이 휘두르는 손과 발에
귀싸대기를 맞고 옆구리를 차이고……

오늘도 넌 제자리에

가지를 치듯
두 눈을 감고 감아도
내 몸 어딘가에 뿌릴 내리고
줄기를 내어 꽃망울을 터뜨려놓는
나도 모르게 머릿속에서부터 발끝까지
어느새 온통 꽃밭으로 채워놓은 꽃은
그래도 제 성에 안 찬 듯
더 멀리 누군가의 가슴과 눈 속에 피어나
아름다운 문장이 되어 읽히고 싶어
하늘에 뜬 별처럼 떠오르고 싶어
그 길길이 날뛰는 꽃은
문을 부수기라도 하듯
내 몸속을 떠돌며 쿵쿵 발을 굴러대지만

연필통엔 연필들이
백지 위엔 백지들이 그리고
집 속엔 어제와 다름없이 어금니를 문
내가 방문처럼 굳게 잠겨져 있듯
오늘도 넌 제자리에

달아 달아 둥근 달아

곱게 핀 네 얼굴에 흠집은 나지 않을까
지나던 바람도 가슴 깊이 제 발톱을 숨기고
혹시나 네 가는 길에 가파른 언덕이나 내리막길은 되지나 않을까
어둠도 별도 구름도 너에게 제 자리를 비워주듯

부랴부랴 네 가는 길에 숭숭 뚫린 천막처럼 펼쳐놓은
내 눈과 귀와 코와 입을 거둬들이고
산을 내려오는 이 마음을
넌 알고 있느냐

달아 달아 둥근 달아

검은 개

바보같이
양 어깨가 축 처진
나뭇가지가 되는 줄도 모르고
뭐 하나 이룬 것 없이 흘러가는 강이 되는 줄도 모르고
몇 번인가 굳게 잠근 대문에도 틈이 있는지
낮게 낮게 허리 구부리고 들어온 저녁은
창문 앞 꼬랑지를 흔들며
두 발을 들어올린 채 앉아 있는
그 검은 개는

참, 바보같이
울먹울먹 떠오르는
그믐달이 되는 줄도 모르고
날마다 몸살을 앓는 듯 부들부들 떠는 풀잎이 되는 줄도 모르고
겅중겅중 내 곁을 뛰어다니다
그것도 성에 안 찬 듯
손등을 핥으며 오이순처럼
자꾸만 내 몸 위로 활활 휘감겨오르는
그 붉은 혓바닥은

생매장

너를 묻는다
살려달라고 애걸하는 너의 입에 재갈을 물리고
다시는 그러지 않겠다고 지문이 닳도록 비벼대는 손을
철삿줄로 칭칭 감아 처넣는다
둥그렇게 파놓은 침묵의 땅속에

무슨 문이든 열 수 있을 것 같은 만능열쇠 꾸러미처럼
늘 요란하기만 하던 교훈들을
꿀을 발라놓은 듯 군중을 매혹시키던 미사여구들을
지나치게 확대 해석된 거품들을

흙 한 삽 푹 퍼다가 뿌린다
어느샌가 고갤 치켜들고 내 발밑까지 기어올라온 너를
사정없이 삽자루로 내리쳐 구덩이에 쑤셔박고
또 흙 한 삽 푹 퍼다가 뿌린다
더 단단하게 흙이 너를 움켜잡을 수 있도록
군데군데 말뚝을 박아놓는다

이제 이 지상의 그 누구도 너의 목소리를 듣지 못하리라
죽어서도 바래지 않을 새빨간 거짓말로 수놓은
너의 찬란한 연오 앞에
이 지상의 그 누구도 무릎을 꿇지 않으리라

너를 묻는다

흙에 묻혀서도 다물지 못하는 너의 입에
흙 한 삽 더 먹이고, 어느샌가 또다시 내 발밑까지 기어올라와
이번 한 번만 눈감아달라고 눈물로 호소하는 너의 두 눈에
검은 붕대를 두르고 너의 발목에 돌멩이를 매달아 힘껏 처넣는다
둥그렇게 파놓은 침묵의 땅속에

●

●아, ●아, 둥근 ●아
이리 보아도 어허둥둥 저리 보아도 어허둥둥
둥글기만 한 ●아 귀기울이지 마라

내 발걸음 소리만 들어도
넌, 멀리 두 귀를 세우고 나와 꼬리를 흔들며
길을 막아서는 흰둥이, 오이순처럼 손등과 발등 위로
활활 휘감겨오는 붉은 혓바닥이다 자신이 꽃이란 걸
알아차리고 서둘러 제 향기와 푸른 이파리를
환등기처럼 매달아놓고 서 있는 팬지, 그보다는
반 뼘이 작은 팬지다

●아, ●아, 둥근 ●아 끝 간 데 없이 양은그릇처럼
구겨져 들어간 ●의 계곡과 ●의 산줄기로
칭칭 감겨진 ●아 눈뜨지 마라

내 눈빛이 손처럼 슬쩍 가 닿기만 해도
넌 하나둘씩 이목구비가 잡히고 새옷으로 갈아입은 듯
색색이 제자리를 찾아 들어서기 시작하는 책과 목이 긴
스탠드, 내장까지 다 드러나 보이는 라디오, 손발이 다
닳은
연필심들이다 양파를 다듬다 만 손처럼 눈 시리게 다
가오는
방안의 햇살이다 금세 민감한 여자의 피부처럼 푸석푸석

허물이 벗겨지고 기미가 돋아나는 서쪽 하늘이다

●아, ●아, 둥근 ●아 ●에서 나와 선이 되지 못한
선이 모여 삼각형, 사각형도 되지 못한
●아 뒤돌아보지 마라

돌 속의 원시림

아직 뿌리조차 내리지 못한
말의 씨앗들
한 번도 그 누군가의
입에서 발음되지 못한
말의 빛들
살과 뼈도 없이
부드럽고 따스한
자궁 속에서 뒹구는
말의 물방울들
그뒤를 따르는 작은 물방울,
그보다는 큰 물방울들
가지에서
가지로 혹은
나무 기둥을 오르내리며
떠다니는 공기의 푸르른 잎사귀
공기의 싱싱한 열매를
따먹는 저들 만지면
순식간에 사라질 것 같은
무색무취의 물거품들
아, 어떤 시간의 무자비한 족쇄
튼튼한 밧줄이
어떤 달콤한 기억의 목소리가
그들의 발목을
묶을 수 있을 것인가

그들을 그곳에서

불러낼 것인가

돌, 수세기 동안

아니 앞으로도

그가 꼬옥 움켜쥐고

놓아주지 않을

그 조그마한

세계

봄

눈부신 햇살로 다가와도
본 체 만 체 뒤돌아서니까
이번엔 비가 되어 온다 삐걱이는 복도를
조심스럽게 빠져나오듯 발뒤꿈치를 들고

내 손을 잡아달라고 이제 그만
문을 열고 나와 나를 안아달라고
나와 함께 젖어 흐르자고
끊어질 듯 끊어질 듯한 목소리로
며칠 몇 밤을 그렇게 뜬눈으로

그러나 젖는 건
네 파인 눈과 네 텅 빈 가슴일 뿐
오늘도 내 집 몇 바퀴를 돌다
고갤 떨구고 휘적휘적 골목 어귀를
돌아나가는 봄이여

깊은 연못

네가 굳게 입술을 다물어도
한숨도 들릴까
쓴 약처럼 목구멍 속으로 자꾸만 되넘겨도
떨어진 낙엽조차 떨어져나간
휘황한 골짜기처럼 늘 그늘이 빠지지 않는
너의 뒷모습이 보여지진 않을까
늘 우산 같은 미소를 펼쳐놓아도

누군가 네 손을 잡아주고
네 어깨를 가만히 두드려주는가 하면
숨막히게 너를 꼬옥 안아주고 가는 건

네 마음조차도 눈치채지 못하는 눈빛 속에
터진 네 속을 고스란히 비춰주는
깊은 연못이 고여 있기 때문이야

낮까지 쫓아 나온 반달

어디서 흘러들어왔는지
알 수 없는 포도송이만한 침묵의 알들이
빽빽하게 공원을 뒤덮는 저녁이면

어느새 낮게 깔린 구름의 나뭇잎들을 헤집고 나와
행여나 어둠 속에서 뒹굴다 서로의 등을 밟지는 않을까
꿈결에서조차 두 손에 들려 있는 호롱불을 내려놓지 못하고
툭 치고 지나가는 바람결에 떠내려가지는 않을까
한시도 둥지 곁을 떠나지 못하는 한 마리의 새처럼
그 수많은 알을 품어대고 품어대다가

자신도 모르게 제 몸의 반이 축난 줄도 모르고
아니 새하얗게 밤이 샌 줄도 모르고
낮까지 쫓아 나와 공원을 지키고 서 있는 반달이여
제 발자국 소리도 들릴까 발뒤꿈치를 들고
걷는 듯 마는 듯 떠가는 침묵의 보모여

망치

입을 연다

어느새 너의 온몸은 짓이겨져
내 눈에 쏙 드는 신발이나
한 벌의 옷이 되어 내걸리고
뿌리째 뽑힌 너의 팔다리와 수거된 내장은
내 입맛에 맞게 가공된 채소류나
싱싱한 한 근의 고깃덩어리가 되어
차례차례 진열된다
네가 꽃이든 하늘을 나는 새든
그건 늘 마찬가지다

서둘러 터졌던 입술을 봉한다
얼음을 만진 후의 손처럼
차고 단단하게 입천장에 와 닿는
망치 하나

사랑한다 말을 할까

비 떨어질 듯 말 듯
축축한 하늘 어딘가에서 몇 번인가
발을 들었다 내려놓는 저녁

사랑한다 말을 할까

그러나 사랑한다는 말,
이 비가 와도 녹슬지 않을 대못과
바람 불어도 휘어지지 않을 나무로 지붕을 올리고
눈부시도록 많은 유리 창문을 안팎으로 두르고 서 있는
빛, 이 황금덩어리엔
내가 준 체온의 몸무게만큼 받아내야만 하는
아니, 고리대금업자처럼 주판알을 통기며 남은 이자율
까지
따지고 드는 나의 마디가 짧은 열 손 열 발가락과
아직도 오래전에 버렸어야 할 애증과 그리움
그리고 욕정과 탐욕들이 인분과 한데 섞여
겹겹이 부패의 퇴적층을 쌓아올리는 내 창자가
철이나 납, 아연처럼 들어앉아 있고

그래도 다시 한번
사랑한다 말을 할까

비 떨어질 듯 말 듯

축축한 하늘 어딘가에서 몇 번인가
발을 들었다 내려놓는 저녁

꽃의 수사학

꽃, 불필요한 말 불확실한 말들을
자르고 보태며 언제나 뿌리로부터
시작되는 줄기 언제나 줄기를 따라
가지들이 대칭적으로 뻗어오르는
그 엄격한 구조의 틀 속에
그들의 말, 초록색 배설물들을 부어
붉고 푸르른 문장을 찍고
한줄기 빛나는 격언을 세우는
저 말의 연금술사들

형태도 없고 소리도 없는
국적 불명의 말 사이에 꿀과 향,
그 아름다운 비유어와 상징어를 처발라
수많은 나비와 벌을
획책하고 유혹하고 굴복시키는
저 솜씨 뛰어난 웅변가들

꽃이 핀다 가지마다 붉게 붉게
고개를 쳐드는 말들 신생아처럼 빛나는
말의 이마들 그들의 말이 번진다
세상의 안팎을 아름답게 수놓으며

별, 저 조그마한 집에는

별,
아직 그 누구의 손때도 묻지 않은
라자 가구와 한 번도 코드를 꽂아본 적 없는
오디오 세트, 무선 전화기
그 새로 들여놓은 온갖 혼숫감들로 가득한
저 조그마한 집에는

침묵의 신혼부부들

조금씩 조금씩 밤의 울타리가 허물어지는 줄도
모르고 촉수가 낮은 불빛 아래
서로의 허리를 부둥켜안은 채
신나처럼 수십 번의 애무와 입맞춤을 흩뿌리며
형용할 수 없는 그 아름다운
순간의 감옥에 갇혀 학학 타오르는
마른 장작개비와 마른 장작개비들

별,
아직 구겨지지 않은 카펫과
한 번도 집 밖으로 펼쳐진 적 없는
창문들로 꼭꼭 닫힌
저 조그마한 집에는

심심산천 1

내 알지
나무와 풀잎들이 산속으로 산속으로
길을 내고 들어가
보다 더 깊은 숲을 이루고
그 숲만큼 우거진 그림자 속에
왜 제 입을 단단하게 봉하고
몸 웅크리고 사는지
바람은 또 왜
목소리를 낮추고 제 독백의 자루 속에
눈과 귀와 코와 입을 파묻어놓고
흐르기를 멈추지 않는지

내 알지
나무와 풀잎들이 입을 열면
그건 말이므로
바람이 입을 열면
그 또한 말이므로

그래, 내 알지 아니 알 만한
사람들은 다 알지

인적이 끊긴 심심산천
오늘도 나무와 풀잎들이 왜 두 귀를 틀어막고
물 겹겹 산 겹겹 자꾸만 울타리를 둘러치는지

바람은 또 왜 시시각각 거주지를 바꾸며
흐르기를 멈추지 않는지

비유의 관

나무가 나뭇가지에서 더이상 나뭇잎을 찾지 않듯
꽃이 꽃잎 속에서 더이상 향기를 찾지 않듯
별이여,
공중에 뜬 돌이여

네 몸에서 입을 찾지 마라
네 입에서 혓바닥을 찾지 마라

네가 입을 찾은 순간
넌 파헤쳐진 말의 둥근 무덤이다
지상의 빛으로 물들여지고 만, 뚜껑이 열린 비유의 관짝이다
네가 입을 열 때마다
또다시 파헤쳐지는 말의 둥근 무덤들
수시로 뚜껑이 닫혔다 열리는 비유의 관짝들
네가 혀를 놀릴 때마다
영문도 모르고 칭칭 밧줄로 묶인 채
자유자재로 크기와 무늬를 바꾸는 비유의 관 속에
담겨 매장되는 지상의 길과 별들
그대로 서 있어라
네 몸속에서 아직 한 번도 출렁거리지 않은 바다인 채로
네 몸속에서 아직 한 번도 주먹을 펴지 못한 차고 딱딱한 얼음인 채로

매달려 있어라
누구도 방문한 적 없는 외진 골짜기의 구름처럼
두둥실 떠 있는 물방울이여

너를 내 몸속에

너를 내 몸속에
기름보일러처럼 끓는 피가
온 방안을 데우고
수시로 창문을 열고 닫아
삐걱이는 공기의 페달을
새것으로 갈아끼워주는
폐와 비강과 방마다 속살들이
은은한 꽃무늬로 장식된 벽지처럼 도배된
이 아늑한 한 채의 집 속에
너를 담고, 잠든 너를
부드러운 포대기로 감싸주고

한 번의 뒤돌아봄, 한 번의
멈춤도 없이 흐르는 바람과 함께
흐르는 줄도 모르고 흐르는 저 구름과
사소한 그 어떤 부연 설명도 없이 휘도는
저 새들과 함께

종이의 도시

낮에 나온 반달이
종이로 접어놓은 듯한
새하얀 빌딩들이 건치처럼 촘촘히 박혀 있는
도시 한복판으로 상형문자를 찍으며 저벅저벅 걸어들어간다

그곳에 가기 위해선
그 누구든 문자를 하나씩 새겨넣어야 한다

착륙을 모르는 새들의 힘찬 날갯짓,
제아무리 잘 길들여지고 예리하게 날이 선 칼날도
건드리면 와락 덤벼들 것 같은 사자의 발톱,
꼿꼿하게 치켜뜬 두 눈도

그곳에서 하찮은 하나의 의미로라도 남아 있으려면
오자와 악문투성이의 무허가 판잣집이라도 한 채 장만하려면

묘비문

그가 쿵, 하고 쓰러질 듯이 기우뚱거린다
자신이 곧 언제나 꽃이 지지 않는, 걸어다니는 비옥한 말의 토지인 줄 알았던
채찍을 휘둘러 자유자재로 말의 방향을 바꾸는 유능한 조련사인 줄 알았던
무엇이든 닿으면 꽃과 나무로 둔갑시켜놓는 황홀한 비유의 손길을 지닌 말의 연금술사인 줄 알았던

말이 그를 버린 것이다
그의 영혼은 말의 일용할 양식인 빵과 포도주였고
그의 육체는 말을 실어나르는 데 한때 사용되었던 한 마리의 낙타에 불과하였으니

이내 그는 풀 한 포기 자라지 않는
원래의 황무지로 돌아가고 그를 따르던 추종자들도 하나둘씩 떠나간다
그들이 그토록 믿었던 것은 그가 아니라 그를 에워싼 수많은 말이었다는 듯이
또다른 비옥한 말의 토지를 찾아

마침내 그가 쿵, 하고 쓰러진다
힘없이 밑동부터 쑤욱 뽑혀져나가는 한 그루의 고목처럼
어느새 그를 위한 조촐한 봉분이 마련되고
그의 생만큼 짧은 묘비문이 새겨진다

여기 죽어서도 말의 발바닥 밑에 묻혀야 했던 자, 잠들다
그의 죽음조차 말이 꾸깃꾸깃 쓰다 버리고 간 그 무수한 종이 뭉치 가운데 하나였으니

사랑한 후에

그러나 난 적어넣기로 마음먹는다

오늘도 브레이크가 파열된 트럭처럼
숨가쁜 엔진 소릴 내며 질주하는 물 위에
물어도 물어도 대답이 없고
소리쳐도 한 번의 뒤돌아봄도 없이
앞만 보고 흐르는, 저 맹목의 세월 위에

그 누구도 들어주지 않을 유행 가사,
그 어떤 나무도 다시는 갈아입지 않을 낙엽들을
닿으면 이내 사기그릇처럼 부서지고 말
그 비유의 파편들을

까칠까칠한 털이 돋고
무엇이든 씹을 수 있는 강한 턱뼈와
민첩한 다리, 딱딱한 등딱지로 둘러싸인 갑각류들이
뒤엉켜 서로를 물어뜯으며 꿈틀거리는
저 피도 눈물도 없는 사막 위에

사랑에 관하여

체온에겐 아무리 대리석같이 차가운 얼음도
기억에겐 다시는 들추고 싶지 않은 상처도
버릴 수 없는 제 살과 뼈이듯

서로를 감싸안으라고

다시 한번 적어넣기로 마음먹는다

돌 아가리 1

양어깨에
힘을 줄 때마다 출렁거리는
곡괭이와 푸르게 날이 잡힌 삽으로
파놓은 검은 웅덩이 속에
스스로 뛰어드는 물
흐르다 지친 피가
모래알이 되어
혈관을 지나 심장 근처에서
멈춰 설 때까지
몽당연필처럼 뭉뚝한 손과
입속에
삐죽삐죽 날을 세운
종유석들 내걸리고
거미와 박쥐들이 떼 지어 몰려와
집을 이루고 살 때까지
제 팔다리와 혓바닥까지 뽑아버리고
깊게 깊게 머릴 처박고
들어앉은 고목, 빠질 줄 모른
둥근 대못들

돌 아가리 2

물 아랜
납덩어리를 매달아
놓은 듯 떠오를 줄
모르는 태양과 구름들
말뚝처럼 처박힌 바람의
꼿꼿한 허리들
나뭇잎은 지고 더이상
자라지 않는 꽃잎과 바닥에
떨어져 뒹구는 향기의 종추들
피가 멈추고 눈알이 빠진
마치 문마다 문고리가 떨어져나간
폐가처럼 부서지고 마모된
네 팔다리와 터진 옆구리 사이로
토사물처럼 쏟아져나온
비장과 창자 그 숱한
말의 잔해들
정적의 계곡과 숲만이
무성히 가지를 휘어내리는

돌 아가리 3

돌로 된 대문
돌로 된 마당
돌로 된 집 속엔

돌이 된 신발
돌이 된 벽시계
돌이 된 전화기
돌이 된 마루

그리고
돌이 된 책
돌이 된 만년필
돌이 된 전축
돌이 된 외출복으로
채워진 방 속엔

돌 아가리
이미 오래전에
돌이 된 사고
돌이 된 추억
돌이 된 내장
돌이 된 팔다리를
한입에 쑤셔넣고

잠 속에, 돌이 된
잠 속에 낙관처럼
찍혀 있는

너, 한 마리 공기의 새였던

입을 연다
입을 여는 순간 넌 돌이 된다
내가 입을 열어 불어넣은 입김이
너의 몸에 닿기 전까지
저 하늘, 끝 간 데 없이 푸른 잎사귀로 드리워진 숲속에서 숲속으로
신나게 가지를 휘어내리는, 떠다니는
한 그루 공기의 나무였던
한 마리 공기의 새였던
눈이 있어도 읽을 수 없고
손이 있어도 붙잡을 수 없는
공기의 뼈, 공기의 살, 공기의 피로 이루어진

그러나 넌 이제 그 하늘을 날지 못한다
너의 날개와 함께 돌이 된
마치 사인을 알 수 없는 사체처럼 낱낱이 해부되고 파헤쳐진
내 기호에 따라 수십 번씩 망치로 두들겨져 짜맞춰진
완전히 원형을 상실한 너,
오늘도 음모와 은폐의 집들이 무너졌다 다시 세워지는
저 거대한 도시에 거듭 부려질 나의 건축 자재물들

2부

4월하고도 1일

몸과 마음이 무거워 달이 가라앉습니다
무거운 몸과 마음이 두둥실 떠오를 때까지
앞도 뒤도 안 보고 달이 가라앉습니다
오늘, 오늘은 그 누구도 아픔을 기억하지 않는 날
오래오래 서 있던 산도
오래오래 잠들지 못한 바람도 가라앉습니다

달이 누우면 달 따라 눕습니다
달이 잠들면 달 따라 잠듭니다
달이 꿈꾸면 달 따라 꿈꿉니다

활엽수림

1

빛을 찾아나선 나뭇가지들이
돌아오지 않는다
한 세기를 줄이고 깎으며 살아온 잡목들
빽빽이 들어차고 간간이
바람이 긴 머리카락을 휘날리면
ㅈㅊㅋ 격음화 현상이 일어나는 활엽수림
저녁은 관습처럼 무섭게
산허리를 들이받으며 내 행동반경 안으로
진입해들어오고 바로
코앞에서 길 하나가 논두렁에
처박히고 한 떼의 곤충들이 증발한다
문득 어디선가 맵고 차고
단단하게 들려오는 어둠의 호각 소리
불규칙하게 연소해들어가는
꿈속처럼 깊은 바다,
활엽수림이여
먼 순례의 길에 오르는가
퇴색한 나의 멜라닌 색소에 푸른 물을
들이고 싶다

2

잠들지 못하는 바다 그 어디에서
삭정이처럼 걸린 수평선이 부러져

내릴 것만 같다
빛바랜 꽃잎 혹은
빈 술병으로 나뒹구는 어둠 속에서
구겨진 나를 발견한다
나를 조소하듯 어두운 곳에서 촉망받는 별들
얼마쯤 걸어왔을까 뒤돌아보면
급격하게 커지는 바람의 폐활량
숨이 가쁘다 가면 갈수록
뒤로 물러서는 활엽수림이여
육안으로 볼 수 없는 등줄기가 몹시
가렵다 긁기 위하여 손을 갖다 대면
새까맣게 타들어오는 밤 열두시
아직도 빛을 찾아나선 나뭇가지들이
돌아오지 않는 활엽수림으로 남아
희미한 고요의 불빛을 지키는 밤은
저울추처럼 좀더 엄숙한 곳으로
기울어진다

백야

뼈에 사무친 세월이 그곳을 세웠다
자릴 잡았으나 한 움큼의 빛도 머금지 못한 별이
소름처럼 돋아 있는 하늘 아래
밤 깊었어도 떠나지 못한 태양이 있고
여기저기 뒤집힌 제 속을 감싸안고 비명처럼 튀어오르는 바람과
참다못해 제 몸을 북북 찢어대는 눈보라 끊임없이 휘날리고
꽃망울을 터뜨렸어도 향기의 기척이라곤
조금도 찾아볼 수 없는 휘황한 눈꽃의 골짜기와
오랜 세월이 흘렀어도 용서할 수 없는 듯
끝내 주먹을 풀지 못한 얼음들이 부들부들 떨며 서 있는 곳
한 알갱이의 어둠조차 온기가 있는 듯
닿으면 이내 발끝부터 차고 딱딱하게 얼어붙어가는 그곳, 백야

하늘의 정원으로

다시 꽃이 피는 모양이다
두꺼운 얼음장처럼 깔린 몇 겹의 구름을
두드려 깨고 나온 햇살이
꽃의 밑뿌리까지 흘러들어가 크고 작은 소를 이루는 모양이다

그 소리를 들은 듯
오래오래 눈보라 속을 떠돌던
지상의 낙엽들이 일제히 날개를 파닥이고
뿌리째 뽑힌 꽃의 영혼들이
높고 낮은 굴뚝들이 피워올리는 저녁연기를 따라
느릿느릿 묵음의 발자국을 찍으며
하나둘씩 떠올라간다

옅은 꿈속에 잠겼다 떠오르는 줄기와
잠이 덜 깬 듯 하품을 하는 꽃잎 사이로
향기들이 수시로 나비처럼 두 날개를 휘저으며 드나드는
저기 파닥파닥 뛰는 심장 떠 있는 하늘의 정원으로

안개의 숲

태양에 대한 기억이 흐려져간다*
바람은 바람대로 강은 강대로
그 멀고도 험한 길에서 돌아와
안개가 되어 눕는 숲
이곳에 살던 나무와 새들도 안개 앞에서
안개, 안개가 되어가듯
나의 이름과 얼굴이 안개가 되어
나와 너를 부드럽게 감싸안으며
둥글게 둥글게 숲을 구부리는 여기
그 누구도 이젠 흐르지 않아도 되리라
아니 맘놓고 흐를 수도 있으리라
나가고 들어오는 길도 안개, 안개가 되어
숲을 보다 더 깊게 하는 여기
아, 아픔과 미움에 섞여 뜨겁게
생애를 적시던 태양의 날들이
흐려져간다 흐려져간다

* 안나 아흐마토바의 시 제목.

물방울 일기

둥근 방, 두드려도 문은 열리지 않았다
늘 바깥에서 안으로 잠겨져 있는 문
아니, 문은 없었다 사방이 도무지 빠져나갈
틈 하나 없는 유리벽, 유리벽은 잔인했다
손바닥을 보여주듯 자신의 몸 너머로
하루에도 수십 번씩 길들을 풀어놓으면서
아직 문 한번 열어준 적 없는 찰거머리들
어딜 가도 그들은 나보다 한발 앞선 곳에
진을 치고 앉아 나를 기다렸다 길목마다 놓인 덫처럼
꼼짝할 수 없었다 몸부림칠수록 더 깊이
파묻혀 들어가는 모래의 늪 가도 가도
물 한 모금 그늘 한 점 없는 그 사막의 나날
수시로 그들은 잠든 나를 깨워 모래를 끼얹고
사정없이 모래의 채찍을 휘둘렀다 얼마나 두들겼는지
문득 정신을 차려보면 팔다리가 떨어져나간
난 사지를 쭉 뻗고 창살처럼 바들바들 떠는 물방울
가도 가도 끝이 없는 유리벽 속에 맺혀 있었다
낮은 곳에서 낮은 곳으로 흐르다보면 어느 날
난 씨방 속에 기어들어가 한 그루의 나무로
자라날 수 있겠지 더이상 꺾일 것도 없는
내 몸 바람이 되어 하늘로 펼쳐질 수 있겠지
착각, 손놀림에 따라 무엇이든 빚어낼 수 있는
그 한줌의 부드러운 진흙을 주무르고 또 주무르며

해가 뜨기 전까지 난 나무였지요

해가 뜨기 전까지
그 부지런한 대장장이가, 풀무질 다시 시작되고
화덕들 뜨겁게 달아오르는 대장간 속에서
쇳덩어릴 두드려 끊어진 길을 잇고
넘어야 할 산을 또 만들어낼 때까지
난 나무였지요
양은그릇처럼 구겨진 깊은 산골짜기
가죽같이 부드러운 흙 속에 두 발 담그고
이따금 조그만 바람 소리에도 놀라
쏜살같이 달아나는 노루를 바라보며
길이 없어 걸을 필요도 없는 숲에서 숲으로
신나게 가지를 휘어내리는 나무
그래요 난 참으로 행복했지요
해가 뜨기 전까지는요
그러나 이젠 돌아가야 해요
해, 무겁고 키 큰 기중기가 딱 버티고 서 있는
담 높고 쉴새없이 기어와 벨트들이 맞물려 돌아가는
공장 쪽으로 놓인 길,
그 끊으려야 끊을 수 없는 밥줄을 따라
아, 오늘도 난 얼마만큼 땀을 흘려야
해가 지는 곳에 푸른 지붕을 드리우고
바람에 몸 맡길 수 있나요
바람에 흔들리고 흔들리면서
내 눈이 닿지 않는 곳까지

자유롭게 수만의 가지들을 풀어내릴 수 있나요
해가 뜨기 전까지 난 나무였지요

망각의 새는 잠시만 머물다 간다

새가 난다 망각의 새
그러나 망각의 새는 잠시만 머물다 간다

여기는 수천 년간 기억의 왕,
기억의 왕족들이 지배해온 제국
오늘을 어제로 어제를 오늘로 자유자재로
되돌리는 그 놀라운 기억 힘으로
잎이 진 자리에 잎은 다시 피어오르고
꽃이 진 자리에 꽃은 다시 피어오르듯

다시는 생각하고 싶지 않은,
다시는 끌려가고 싶지 않은
기억의 붉은 고추밭 농장으로 내몰려져
오늘도 채찍질에 맞아 피 흘리며
풀을 뽑고 고추를 따내려야 할
우리, 기억의 노예들

얼마나 많은 사람이
그 채찍질에 맞아 괴로워하며 죽어갔던가
그 누구든 망각의 새가 되어 날아오르고 싶은 자

오로지 죽음으로써만 가능한 여기는
수천 년간 기억의 왕,
기억의 왕족들이 지배해온 제국

새가 난다 망각의 새
그러나 망각의 새는 잠시만 머물다 간다
한 번의 짧은 입맞춤처럼 사라지는 이슬방울들

착각 수첩

—K 혹은 절망에게

쉿 떠들지 마라 난 진흙이다
두 눈을 감고 두 귀를 틀어막아도
쾅쾅 대못처럼 파고들던 너희들의 가쁜 숨소리
발자국 소리 들리지도 이젠 보이지도 않는다
난 진흙과 진흙으로 짓뭉개진 진흙덩어리 이제
난 나를 구부려 무엇이든 될 수 있다
내 귀가 떨어져 내 코로 가 붙고
내 눈이 떨어져 내 입으로 가 붙어
꽃이 되고 나무가 되고 새가 되는 이 시간
나의 이름을 부르지도 마라 마침내 난
너희들의 손이 미치지 않는 기억 밖, 어느 작은
언덕 위에 내 팔다리를 꺾어 울타리를 치고
내 허리를 구부려 마당을 띄우고 내 갈빗대를
떼어 기둥을 세워 한 채의 집을 완성시켜놓았다
돌아가라 내 피와 뼈를 갉아먹던,
내 생각의 서랍 문을 열 때마다 꿈틀거리던 벌레들아
왜 이곳에 너희들도 머물러 꽃이 되고 나무가
되고 싶으냐 그렇다면 한줌의 진흙이라도 움켜쥐고
들어오라 너희들이 가지고 온 진흙의 양만큼
너희들은 자유로워질 수 있다 난 진흙이다
내 팔다리가 떨어져 내 귀로 가 붙고
허리가 떨어져 내 눈으로 가 붙어
꽃이 되고 나무가 되고 새가 되는 이 시간
조금 전 난 하늘에 뜬 별이었고 지금은

풀잎 위에 맺힌 이슬방울이다

잠시 기억이 자릴 비우고 간 곳에서

잠시 기억이 자릴 비우고 간 곳에서
난 해체된다 손마디부터 아주 천천히
그 누구의 손에도 잡히지 않는
그 누구의 손에도 포착되지 않는
하나의 공기로서 나의 팔다리는 흩어져
제각기 어긋난 뼈, 멈춘 피를 돌게 하며
바람의 언덕을 넘어가고 넘어온다

난 딱딱한 나무껍질 속으로 스며들어가
나무의 싱싱한 허파를 만진다
그리고 때론 구름 위로 올라가 잠을 자다가
비에 섞여 내려온다
잠시 기억이 자릴 비우고 간 곳에서
난 공기의 살, 공기의 뼈, 공기의 피

누구냐 발버둥칠수록 더 깊이 빨아들이는
고통의 늪으로부터 파도처럼 나를
들어올렸다 내려놓는 그러다가 완전히
이 무겁디무거운 살덩어리를 공중으로
가볍게 띄워 올려주는 너는

따가운 햇살도 지금은 통증 없이 내 몸을 관통하고
모진 바람일수록 내 허리는
더욱더 부드럽게 휘어진다

붕어

웅덩이가 썩는 것은
그곳에 고여 있는 붕어가 있기 때문이다
자기 입보다 더 큰 지느러미를 가졌어도
돌멩이처럼 더이상 꼼짝도 하지 않으려는 구름들이 있기 때문이다

붕어가 되지 않기 위하여
굳게 문을 닫아도 제 집처럼 자꾸만 잦아들어와
온 방안을 적시는 붕어들을, 그 수많은 구름을 퍼내고 긁어대다가
쩍쩍 갈라진 부르튼 손바닥만을 남기고 간
웅덩이의 짧았던 생애를

난 그 근처에서 우두커니 지켜본다

이제 죽음처럼 평등한 밤이 오리니

돌아오라, 어디 두고 보자 두고 보자
가슴에 칼을 품고 뛰쳐나간 달의 아들들아
고통의 부레를 달고 한없이 떠도는 눈송이들아
거리거리마다 색색이 토악질을 해대는 꽃의 딸들아

이제 죽음처럼 평등한 밤이 오리니
잘사는 놈 못사는 놈 따로 없이
새까만 얼굴들이 둥글게 둥글게 모여 사는
밤의 유토피아가 오리니

그대여 기나긴 술독에서 깨어나라
그대여 목에 건 밧줄을 풀어놓아라
피에 굶주린 칼들을 내려놓아라

한 냄비의 찌개, 한 공기의 밥처럼
밤은 아랫목에서 그대의 부르튼 입술을 기다리리니
그 입술 열고 들어가 밤은 그대의 헌 위벽을
부드럽게 감싸안으리니

돌아오라, 가도 가도 몸 누일 곳 없는
그 세월의 차디찬 얼음 계곡에서

삿대도 돛대도 아니 달고 넘쳐오는 배
동요처럼 편안하게 우리의 눈 속으로 들어와

나를 지우고 너를 지워 마침내 세상마저 지워버릴 때
둥글게 둥글게 짝 둥글게 둥글게 짝
아, 우린 그 리듬에 맞춰 춤을 추리니 박수를 치리니

어느 저녁 길

마포대교쯤에서 비를 맞는다
비를 맞기엔 너무 늙어버린 그의 차,
조그만 가속에도 숨이 차오르고 마모가 된 기어는
얼마 안 가서 풀어진다 점점 커지는 빗방울과
어둠이 공구리를 쳐대는 이 두텁고 딱딱한 저녁 길을
과연 늙은 육체는 우리를 무사하게 통과시켜줄 수 있을 것인지

운전을 하는 그가 나를 이따금씩 쳐다본다
누군가 옆에 있다는 것만으로도 위안이 된다는 듯이
젖은 성냥알처럼 틀어박힌 그의 두 눈동자 속엔
희미한 한줄기의 빛조차 발견되지 않는다 음산한 골목길,
그는 지금 어디로 가고 있는 것일까 나는 왜 어쩌자고
그와의 동승을 단호하게 거절하지 못한 것일까

차창 밖, 퍼붓는 빗속에서 새의 노래는 쉬
길을 잃는다 가슴을 지나 목까지 잠기는 하늘, 우린
아직도 견고한 침묵의 입속에 들어앉아 있다 편안하게
휴식을 취하는 혓바닥처럼 그러나 침묵이 너무 오래 되면
두려움의 늪이 되는 법, 늪 근처까지 갔던
그가 무엇엔가 놀란 듯 부리나케 되돌아 나온다

그러나 난 아무런 대꾸도 하지 못한다 그러기엔 난 너무 나의
미래 가까이 앉아 있는 것이다 썩은 고목처럼 좋은 날들 다
져내리고 숭숭 이마가 벗어진 아무런 희망도 없는,
뛰어내리기엔 너무 빠르고 그냥 머물러 있기엔 너무 억울한
세월의 네모반듯한 차체 속에 그의 동반자가 되어버린 것이다
언제 숨이 끊어질지도 모르는 환자에게 수시로 인공호흡기를 갖다대듯
가속 페달을 밟아대는 그의 육체가 어느 순간, 붉은 신호등 앞에 멈춰 설 때까지

반지

철골같이 꼿꼿하게 살기란 얼마나 힘든 일인지
그가 내딛는 한 걸음 한 걸음은
우리에겐 한 뼘도 안 되는 보잘것없는 길이지만
그에겐 솔깃하게 귀를 적시는 햇빛과
바람의 가시밭으로 가득한
천리의 사잇길이요 갈림길이다
뼈보다도 단단하고 그 어떤 목숨과도 바꿀 수 없는
제 의지의 푸른 징을 박아넣으며
묵묵히 내딛는 한 걸음 한 걸음엔
그의 전 생애가 달려 있다
옆으로 쓰러지든 앞으로 부러지든
한번 결정되면 그것이 곧 두리번거릴 수 없는 외길이라는
마음으로 수천 년을 살아온 대나무

그래서 그가 내딛는 한 걸음 한 걸음마다엔
굵고 선명하게 빛이 나는 결속의 반지가 끼워져 있다
자기에게로 수백 번씩 휘둘러댄 채찍 자국과 핏방울이 맺혀 있다

우울한 기계

흠잡을 데 없는 전자제품이다
방음 장치가 잘된 입에선 군소리가 없고
내구성이 강한 세라믹처럼
어떤 충격에도 견딜 수 있는 성격과
무슨 일이든 시키는 대로
신속하게 처리할 수 있도록 프로그램화된 두뇌는
언제나 풀 가동이 가능하다
조작 또한 까다롭지 않아
간단한 명령어와 손짓만으로도 충분하며
소비자의 기호에 알맞게 도안된
부드러운 눈매와 오똑한 코,
군더더기 없이 미끈하게 빠진 체형은
예술성까지 갖추고 있어
어디에 내놓아도 손색이 없다
제작 기간만 해도 28년이나 소요되었다

그는 출고 즉시 모 대기업에
아주 싼값으로 판매되었다

우울한 기계 1

또 하루는 기나긴 플러그처럼 그의 몸에 꽂힌다
군데군데 검은 테이프를 감아놓은 전깃줄처럼
가닥가닥 꼬인 핏줄을 따라 싸아 흘러내리는 전류들
좀더 잠을 청하고 싶지만 눈 속엔 벌써 불이 들어와 있다
드라이버를 돌리듯 이리저리 제 몸을 굴려본다
여전히 뼛속 깊이 박혀 있는 둥근 나사못들
이가 안 맞아 자꾸만 무르팍은 삐걱거리고
발목 어딘가에선 또 단선이 났는지 사타구니까지 저려온다
언제나 싱싱한 과일과 채소들로 가득찬 냉장고 같던 육체와
살짝 건드리기만 해도 으르릉거리며
살갗을 뚫고 나올 것만 같던 분노는 어디로 갔는지
구름 몇 송이 띄워놓은 창밖의 하늘처럼 깊은 회한에 잠기다
그는 문득 하나하나 분해한 후 아무렇게 맞춰놓은
부품처럼 뒤엉키고 비틀린 제 몸을 내려다본다
세월의 흔적들이 새겨넣은 수많은 주름의 무늬들을
가끔씩 날벌레들이 머물다 가는 주름 사이의 크고 작은 물웅덩이들을
언젠가 물웅덩이가 말라 쩍쩍 갈라진 바닥을 드러낼 때
날벌레들은 떼 지어 몰려와 그곳에 수북하게 알들을 까놓을 것이다
마치 그날을 향해 잠겨들듯이 힘없이 어둠 속으로 가

라앉는 그의 두 눈

어느새 오후 내내 켜놓았던 조명등을 하나둘씩 소등하며

햇살은 사라져가고 방안은 텅 빈 손바닥

어제와 다름없이 이물질처럼 눅눅한 어둠이 켜켜이 쌓여가는 한 귀퉁이엔

누군가 꽉 밟으면 약이 다 된 건전지 뒤엉킨 코일 뭉치들이

창자처럼 쏟아질 것 같은 한 대의 낡은 라디오만이 덩그러니 놓인다

새가 되어버린 사나이

한 사나이가 있었다 늙고 병든 어머니와 단둘이 살고 있는 그는
피 한 방울 나지 않을 대리석으로 세워진 어느 건물의 사무원이었다
고쳐도 고쳐지지 않는 문맥의 세월을 흐르다 지쳐 고꾸라진 한 자루의 빨간 플러스펜
언제나 연필통처럼 빈방을 내어주는 한 채의 집이 그리웠다,
눈감고도 갈 수 있는 사무실, 한 자도 빠짐없이 외울 수 있는
그 숱한 거리의 광고 문안과 간판들 너머 푸른 벽돌을 쌓아올리고 잠든 하늘이

그러나 그는 벽에 걸린 우리의 달력이었다
그가 나오는 날은 평일이었고 그가 나오지 않는 날은 휴일이었다
자신의 어떤 실수도 용납하지 않았다
이 건물이 지어진 이래 한 번도 고장난 적이 없는 엘리베이터처럼
한번 자리에 앉으면 그는 철제 책상보다 더 단단하게 붙어 있었다
그렇게 그는 마치 드높은 제단에 제물을 바치듯 하루의 대부분을 건물에 쏟아부었다
그의 얼마 되지 않은 한움큼의 희망과 청춘도

날마다 건물은 그의 살과 피를 빨아먹으며 무럭무럭 자라나는 듯했다
얼마 후엔 그의 말도 조금씩 줄어들고 있었다
말의 발목마다 족쇄가 채워진 듯, 말이 한 벌의 옷이라면
그는 늘 벌거벗은 채로 출근을 하고 퇴근을 했다
그의 유일한 한 벌의 옷마저 그 건물의 일부가 되어버린 것이다
그러던 어느 날 느닷없이 거리로 뛰쳐나간 그가 외쳐댔다
아, 새가 될 수 있다면 새가 되어 해바라기처럼 활짝활짝 펼쳐질 수만 있다면

이후 아무도 모르게 그는 종적을 감추고
보름도 채 그를 기다리지 못한 도시는 그의 책상을 거두어버렸다
그렇게 해가 바뀌고 해가 바뀌던 어느 가을
이 도시의 거리는 온통 흉물스러운 한 마리의 새에 관한 이야기로 떠들썩거렸다
서툴게 튀어나온 부리와 듬성듬성 깃털이 달린 날개 밑에
낡은 구두가 신겨진 두 다리가 매달려 있는 반인반조의 새,
그렇다 그가 돌아온 것이다

하지만 몇몇 짓궂은 아이가 그에게 돌을 던지거나 날개를 부러뜨리고
이해할 수도 없지만 방치할 수도 없는 이 도시의 매정한 관행은
그에게 무거운 형을 선고하였다 그리하여 한 채의 감옥이 지어지고
감옥은 오로지 그의 병든 어미만이 면회가 허락되었다
배고픈 새끼에게 밥알을 넣어주는 그녀의 등뒤로 울려퍼지는 울음소리
그러나 그 어떤 감옥도 더이상 그를 가둘 수는 없었다
감옥 속에 더 큰 하늘을 마련한 듯이 두둥실 떠 있는 구름 사이로
그는 푸른 깃을 치며 날아오르고 있었다 마침내 완벽한
새가 되어버린 것이다

나무, 벼랑에 서다

한 번쯤 머물렀다는 이유만으로
이 지상에 포박당한 나무에겐
떨어져나가는 한 장의 나뭇잎도 기다리던 출감이다
속박의 뿌리가 허용한 허공의 두 평 남짓한 땅만큼
잎을 피우고 가지를 뻗어야 했던 세월
몇 번인가 허리 부러지도록 흐드러지게 자라고 싶었던가
잠 속에서조차 접히지 않는 날개를 치며 탈옥을 꿈꾸었던가
그러나 수백 번씩 뻗어내린 가지는 탄식의 눈빛이었고
잎은 그 눈빛 속에서 쏟아진 눈물방울이었으니
그후 나무는 모든 행동을 멈추고 식음을 전폐한다

멀리 스스로 허리를 꺾어 벼랑을 만든 길 끝,
그믐달처럼 매달린 한 그루의 나무가 뛰어내릴 듯 서 있다

태양의 제국

드디어
짧았지만 한동안 뜨거웠던 크고 작은
소요와 내란은 진압되었다
일부 파손된 사원들과 성곽은 복구되고
다시금 용좌로 추대되는 황제
몇몇 원로 중신이 그의 뒤를 따르고
수십 수만의 용병은 그의 이글거리는
광기 앞에 두 무릎을 꿇는다

그리하여 땅바닥에 떨어진
안정과 질서의 현수막은 더 높은 곳에
걸리고 순식간의 고요와 하루 종일
풀어지지 않는 감시망,
그 튼튼하고 촘촘한 그물이 펼쳐진
제국의 하늘에서 새들은 더이상
뻗어오르지 못한 채 새로 개정된 법안과
엄격한 강령들 속으로 되돌아온다

몇몇 역모자가 외딴섬으로 유배되어지거나
굴비처럼 몇 두름씩 묶여 처형장으로
끌려간다 하나둘 역모자들이
굶주린 사자들의 밥이 되어 으깨어질 때마다
터지는 군중의 환호성과 요란한 박수 소리
이제 아무런, 더이상 아무런 변란도

일어나지 않으리라 한 점의 그늘
한 점의 티도 발 디딜 틈조차 없는
저 안팎으로 겁나게 눈이 부신 눈이 부신
태양의 제국

희망 장례식

그가 두 눈을 감는다
우리의 우상, 언젠가 고통이 눈멀고
입다문 곳에 무거운 몸 누일 날 있으리라
굳게 믿었던 낙관론자

몇몇 사람이 그의 머리에 화환을 두르고
매장지로 향한다 그를 전송하듯 꽃들이
길가로 나와 꽃잎을 뿌리고 두 손을 흔들어대는
수천 그루의 나무들 마지막으로 그의 관뚜껑이
닫히고 땅이 입을 열어 그를 삼킨다

이제 볼 수 없으리라 밤을 진짜 대낮처럼 돌려놓던
그의 무대장치술 얼음의 눈을 째고 턱을 깎아
산허리마다 푸른 강줄기를 새겨넣던 그 감쪽같은
성형수술을 다시는 들을 수 없으리라 모래언덕에 곱게
스미던 그 따스한 피의 잠언들은

아 그가 가고 없는 이 삭막한 지상
그러나 그대 걱정하지 마라 그래, 그가 죽었다고 해서
아니 두 눈 시퍼렇게 그가 살아 있다고 해서
올 비가 안 오고 필 꽃이 안 피고 죽을 자가 죽지 않았더냐
원래부터 우린 구제불능, 도무지 빠져나갈 틈 하나 없는 독 안에 든 쥐

오늘도 비는 이 지상을 향해 힘차게 가지를 내리고
꽃은 이내 져야 한다는 것을 알면서도 한번 더
몸을 구부려 꽃잎을 띄우듯 독, 언제나 우리를 감싸쥐고
있는 그 무지막지한 손바닥 속에서 우린 구멍을 파리라
발톱이 닳으면 이로 그의 딱딱한 살점을 물어뜯으리라
마침내 그 손바닥이 허릴 비틀어 땅의 아가리에
우리를 처넣을 때까지

파리

죽기 살기로 날지 않아도
하루 세끼 밥이 나오고, 어디 그뿐인가
끽소리 내지 말고 있는 듯 없는 듯 죽어 지내기만 해도
틈틈이 과일이며 아이스크림이 후식처럼 나오는,
최소한 복지부강의 국가는 못 되도
한평생 노닐 수 있는 한 채의 집 속에 살고 있으면서도
파리는 잠시도 가만히 있지를 못한다
푹신한 소파와 에어컨, 수시로 환기를 시켜주는 공기 청정기로 포장된
이 집의 정체(停滯)를 비로소 알아차린 듯
서둘러 유리창 하나로 통로가 막힌 하늘을 향해 날아 오른다
그러다 몇몇은 내장이 터지고 팔다리가 끊어져나가도
이렇게 살 수는 없다는 듯 꾹꾹 가슴속까지 눌러놓았던
말들을 터뜨리며 솟구쳐오른다
파리에겐 죽어서도 빛을 뿜어대는 크고 단단한 날개가 달려 있다

맹아 최민서

잘 손질된 벼 포기 고개 숙여 거둬가길 기다리는 9월 이면 그래도 대학만은 졸업하리라 때 절은 책장을 넘기며 편입 준비를 서두르는 지방대학 2년의 혹은 징집 몇 달을 앞두고 1종 보통 면허증을 취득한 친구놈들은 농번기처럼 바쁘게 북적거리는 병명들로 밤새 이불을 들추시는 부모님 찾아 양구행 뱃길에 오르지만 띠구름 서쪽 하늘로 뚝뚝 끊어져가던 그해 초봄이었나 육이오 동란 무렵 폭격기 편대가 지나가고 또 지나가면서 몇 번인가 넌출처럼 출렁거렸다는 방산 기슭의 두릅나무 두릅 따다 지뢰에 밟힌 식구들의 어깨 팔 다리 사이를 용케 눈만 다치고 살아남은 민서는 알맞게 옷을 껴입은 싸리꽃이 길가로 나오는 마을을 찾아 노래 몇 가닥 풀어줄 새들이 없고 새들의 둥지를 지켜줄 미루나무 한 그루도 없다 오늘도 민서는 창구멍으로 오후 햇살이 금빛 하품을 해오는 맹인학교 교실 삐걱이는 의자에 앉아 한 뼘씩 재어오는 세상의 이랑이랑을 오로지 손마디로 일구며 살아가는 법을 배운다

은여우 농장

그 창고의 문은 하루에 두 번 열린다
한 번은 철망에 갇힌 은여우들을 완전히
철망 속으로 보내버리려 할 때 한 번은
그들의 몸에서 추려낸 내장과 발톱을
처분하려 할 때

오늘도 난 그 문을 열어야 한다 마치 습관처럼
그리고 그 문을 들어서자마자 내가 원하든 원하지 않든
나의 손 아니 나의 온몸은 치렁치렁 빗줄이 걸린 처형기구
이제 그는 질질 오줌을 싸며 끌려와
내 앞에 머리를 조아리리라 허공에서 몇 번 버둥거리다가
마침내 사지가 빳빳하게 굳은 나무토막이 되어 걸리리라

그러나 이 사실을 까마득하게 모른 채
철망 밖 있는 듯 없는 듯 낮은 포복으로 흐르는
구름 바라보다 그만 깜박 잠드는 은여우 한 마리
문득 숫돌에 칼을 갈다 말고 뒤돌아보면

또 넌 언제 깨었니 구름 흐르는 곳에
내가 그간 몰래 하나둘 띄워 보낸
그들의 낯익은 숨소리 들려오는 듯
덕지덕지 그들이 묻히고 간 똥오줌 하늘엔

손에 잡힐 듯이 뭉게뭉게 피어오르는 얼굴들

왜 태양은 또 너무 눈이 부시니
뻑뻑한 두 눈 이리저리 굴리다가 길게 하품 터뜨리며
느릿느릿 뒤돌아서는 철망 속
두 살 난 은여우 한 마리 그래,
그냥 그렇게 오래오래 잠들어라 아니 그 속에서
영원히 깨어나지 마라 제발

저기 어디 숨겨진 나라가 있어

저기, 어디 숨겨진 나라가 있어
우리와는 전혀 다른 구강의 구조로
책 읽는 소리 날마다 흘러나오고
비밀문서처럼 해독할 수 없는 언어들
수시로 떠다니고

끊이지 않는 한바탕의 웃음소리와
하루에도 수십 번씩 목소리를 바꾸며
노랠 부르고 우리에게 말 걸어오는
저기, 언제나 그곳 낯선 사람들의
발자국 소리로 붐비는 저 바람 속

오늘도 저기 어디 숨겨진 나라는 분명 있어
그 나라의 하늘을 나는 새들의 날갯짓 소리와
그 나라의 산허리를 적시며 흐르는
강물 소리는 거듭거듭 들려오고 있나니

아, 언젠가 우리는 그곳으로
이민을 갈 수 있으리라
그곳의 오랜 관습과 법에 따라 허릴 구부리고
그곳에서 배운 언어로 대화를 나누고
시를 짓고 노랠 부를 수 있으리라

저기 자국을 상징하는 오색 국기들

가득 휘날리는 저 바람 속, 어딘가 분명
숨겨져 있는 나라

그리운 화원

그곳의 문은 언제나 열려 있다
열린 문마다 불쑥불쑥 고개를 치켜드는
악취의 백합꽃 다알리아 그 검붉은 꽃잎들로 가득한 화원
어떤 날은 망가진 인형처럼 버려진 아기 하나
네모반듯한 햇살 속에 누워 있을 때도 있다
아직 피가 식지 않은 따스한 죽음
다가가 작대기로 들춰보면
언제 쥐들은 그곳에 가족을 이루었는지
겨우 걸음마를 배운 새끼들이 여기저기 흠집을 내고 들어가
모락모락 김이 나는 콩팥과 쓸개를 하나씩 입에 물고 나오고
그 따스한 피를 마시기 위해
하루에도 수십 번씩 꼬였다 흩어지는 모기떼와 파리들
그곳에서는 누구도 집을 세우지 않는다
질서를 잡지 않는다 넘어진 자리가 집이고
넘어져 부서지면 부서지는 것이 곧 질서이고 규칙인
저 깡통과 빈 병, 함석 쪼가리 들의 무정부주의
넘어지면 코 닿을 공간도 없이
서로의 가슴속에 깊이 대가리를 파묻고
악취의 백합꽃 다알리아 그 검붉은 꽃잎이 되어
흔들리고 흔들리는 화원
언제나 그곳의 문은 열려 있다

나뭇가지 길

한번 뻗으면 다시는 되돌아올 줄 모르는
나뭇가지의 길을 걸었다
빛이 흐르는 쪽으로 그들이 허릴 비틀면
나도 따라 허릴 비틀면서
그 길은 아무리 걸어도 몸 누일 곳이 없었다
오로지 걷는 자만이 살아남을 수 있는 길
언제나 빨랫줄처럼 걸려 있어
조그만 바람에도 몹시 흔들렸지만
난 온몸이 나뭇가지
수십 개의 잎사귀를 매달고
있는 듯 없는 듯 세상이 낮게 내려다보이는
그 길 위에서 빛이 흐르는 곳이면
어디든 꺾인 무릎을 다시 펴고 한없이 걷고 있었다
빛, 눈부시도록 많은 유리 창문을 두르고 서 있는
그 거대한 집을 향해
죽고 싶어, 그 집 속에 갇힌 채 영원히 살고 싶어

검은 눈동자

풀을 뽑기 위해
호미처럼 빼든 손을 들이민다
그러나 썩은 한 포기의 풀도 쉬 놓아주질 않는
완강한 흙의 손바닥

끝내 있는 힘껏 풀을 뽑으면
신발 신을 겨를도 없이 끌려 나온
풀의 발바닥엔 뜯겨진 살점으로라도 매달리고 싶은
흙의 마음이 고스란히 옮겨와 있고, 그 밑엔

어쩌지 못해 동동 발을 구르며
한시도 그 자릴 떠나지 못한 채
그랑그랑 눈물을 머금고 파르르 떨고 있는

저녁의 목수인 별

저녁의 목수인 별이 집을 짓는다
송글송글 맺힌 이마의 땀방울을 뚝뚝 흘리며
거미처럼 착 달라붙은 채 제 몸속의 황금빛 실을
뽑아 기둥을 세우고 지붕을 올린다

기둥 하나 세울 한 평의 흙도 없는 허공에
저렇게 아름다운 한 채 집을 지을 수 있다니

그러나 그 집은 입주를 희망하는 자의 눈빛 속에 지어
진다
눈빛은 저녁의 목수가 집을 지을 수 있는 유일한 토지
이다
눈빛이 진흙처럼 더 찰지게 뭉쳐져 있을수록
더욱 눈부시게 타오르는 모닥불처럼 방을 지펴놓는 별

저녁의 목수인 별이 또다시 집을 짓는다
입주를 희망하는 자의 귀에만 들려오는
저 뚝딱뚝딱 못 박는 소리
저 쓱싹쓱싹 톱질하는 소리

숨쉬는 돌

—추암에서

살 오른 꽃망울이 일제히 터지듯이
파도를 밟으며 통통 울려퍼지는 뱃고동 소리
낮에서 밤까지 닻을 내릴 줄 모르는 그 소리

그 소리만으로도
몸엔가 마음엔가
꽃이 핀 듯이 향기가 가득한 듯이
저마다 옹기종기 모여 뜰을 이루며
가쁘게 숨을 쉬는 해암정의 돌들로,

때 아닌 봄을 가득 맞이하는
휘황한 눈보라 속의 추암 앞바다

집

너를 두고 나온다
꽃이 피는 쪽으로 길게
머릴 베고 드러누운 길 끝에
이제는 내가 나가고 없는 집,
이제는 내가 나가고 없으므로 뼛속 깊이
그리움처럼 사무쳐 들어오던 태양도
싸늘하게 식은 찻잔처럼 어디론가 들려 나가던
정원의 나뭇잎들도 수심에 잠긴 듯 고갤 파묻고
터벅터벅 다가와 안기던 계단과 복도도
나를 따라나서고 없는 집
밤마다 진을 치고 앉아 떠날 줄 모르던
창밖의 어둠도 그 기나긴 한숨도
고스란히 나를 따라나서고 없는 집
이제야 비로소 나와 더불어 이불을
들쑤시며 뜬눈으로 지새지 않아도 되는 집
몸에서 마음까지 켜진 불 다 끄고
잠들 수 있는 집

문학동네포에지 068
빛을 찾아나선 나뭇가지

1판 1쇄 발행 1998년 7월 6일
2판 1쇄 발행 2023년 2월 6일

지은이 — 함명춘
책임편집 — 김민정
편집 — 유성원 김동휘 권현승 유정서
표지 디자인 — 이기준 김유진
본문 디자인 — 이주영
마케팅 — 정민호 이숙재 김도윤 한민아 이민경 정유선 김수인
브랜딩 — 함유지 함근아 김희숙 고보미 박민재 박진희 정승민
제작 — 강신은 김동욱 임현식
제작처 — 영신사

펴낸곳 — (주)문학동네
펴낸이 — 김소영
출판등록 — 1993년 10월 22일 제2003-000045호
주소 — 10881 경기도 파주시 회동길 210
전자우편 — editor@munhak.com
대표전화 — 031-955-8888 / 팩스 — 031-955-8855
문의전화 — 031-955-2696(마케팅), 031-955-8865(편집)
문학동네카페 — http://cafe.naver.com/mhdn
인스타그램 — @munhakdongne / 트위터 — @munhakdongne
북클럽문학동네 — http://bookclubmunhak.com

ISBN 978-89-546-9022-5 03810

www.munhak.com

문학동네